康巴作家群书系（第四辑）

足底生花

旦文毛 著

作家出版社

“康巴作家群”书系编委会

为“康巴作家群”书系序

阿来

康巴作家群是近年来在中国文坛异军突起的作家群体。2012年和2013年，分别在四川文艺出版社和作家出版社出版了“康巴作家群”书系第一辑和第二辑，共推出十二位优秀康巴作家的作品集。2013年，中国作协、中国社科院少数民族文学研究所、中国少数民族作家学会等在北京联合召开了“康巴作家群作品研讨会”，我因为在美国没能出席这次会议。2015年和2016年，“康巴作家群”书系再次推出“康巴作家群”书系第三辑、第四辑，含数十位作家的作品。这些康巴各族作家的作品水平或有高有低，但我个人认为，若干年后回顾，这一定是一个重要的文化事件。

康巴（包括四川省的甘孜藏族自治州、西藏的昌都地区、青海的玉树藏族自治州和云南的迪庆藏族自治州）这一区域，历史悠久，山水雄奇，但人文的表达，却往往晦暗不明。近七八年来，我频繁在这块几十万平方公里的土地上四处游历，无论地理还是人类的生存状况，都给我从感官到思想的深刻撞击，那就是这样雄奇的地理，以及这样顽强艰难的人的生存，上千年流传的文字典籍中，几乎未见正面的书写与表达。直到两百年前，三百年前，这一地区才作为一个完整明晰的对象开始被书写。但这些书写者大多是外来者，是文艺理论中所说的“他者”。这些书写者是清朝的官员，是外国传教士或探险家，让人得以窥见遥远时的生活的依稀面貌。但“他者”的书写常常导致一个问题，就是看到差异多，更有甚者为寻找差异而至于“怪力乱神”也不乏其人。

而我孜孜寻找的是这块土地上的人的自我表达：他们自己的生存感。他们自己对自己生活意义的认知。他们对于自身情感的由衷表达。他们对于横断山区这样一个特殊地理造就的自然环境的细微感知。为什么自我的表达如此重要？因为地域、族群，以至因此产生的文化，都只有依靠这样的表达，才得以呈现，而只有经过这样的呈现，才成为真正意义上的存在。

未经表达的存在，可以轻易被遗忘，被抹煞，被任意篡改。

从这样的意义上讲，未经表达的存在就不是真正的存在。

而表达的基础是认知。感性与理性的认知：观察、体验、反思、整理并加以书写。

这个认知的主体是人。

人在观察、在体验、在反思、在整理、在书写。

这个人是主动的，而不是由神力所推动或命定的。

这个人书写的对象也是人：自然环境中的人，生产关系中的人，族群关系中的人，意识形态（神学的或现代政治的）笼罩下的人。

康巴以至整个青藏高原上千年历史中缺乏人的书写，最根本的原因便是神学等级分明的天命的秩序中，人的地位过于渺小，而且过度地顺从。

但历史终究进展到了任何一个地域与族群都没有任何办法自

外于世界中的这样一个阶段。我曾经有一个演讲，题目就叫做《不是我们走向世界，而是整个世界扑面而来》。所以，康巴这块土地，首先是被“他者”所书写。两三百年过去，这片土地在外力的摇撼与冲击下剧烈震荡，这块土地上的人们也终于醒来。其中的一部分人，终于要被外来者的书写所刺激，为自我的生命意识所唤醒，要为自己的生养之地与文化找出存在的理由，要为人的生存找出神学之外的存在的理由，于是，他们开始了自己的书写。

正是从这个意义上，我才讲“康巴作家群”这样一群这块土地上的人们的自我书写者的集体亮相，自然就构成一个重要的文化事件。

这种书写，表明在文化上，在社会演进过程中，被动变化的人群中有一部分变成了主动追求的人，这是精神上的“觉悟”者才能进入的状态。从神学的观点看，避世才能产生“觉悟”，但人生不是全部由神学所笼罩，所以，入世也能唤起某种“觉悟”，觉悟之一，就是文化的自觉，反思与书写与表达。

觉醒的人，才是真正的人。

当文学的眼睛聚光于人，聚光于人所构成的社会，聚光于人所造就的历史与现实，历史与现实生活才焕发出光彩与活力。也正是因为文学之力，某一地域的人类生存，才向世界显现并宣示了意义。

而这就是文学意义之所在。

所以，在一片曾经蒙昧许久的土地，文学是大道，而不是一门小小的技艺。

也正由于此，我得知“康巴作家群”书系又将出版，对我而言，自是一个深感鼓舞的消息。在康巴广阔雄奇的高原上，有越来越多的各族作家，以这片大地主人的面貌，来书写这片大地，来书写这片大地上前所未有的激变、前所未有的生活，不能不表达我个人最热烈的祝贺！

文学的路径，是由生活层面的人的摹写而广泛及于社会与环境，而深入及于情感与灵魂。一个地域上人们的自我表达，较之于“他者”之更多注重于差异性，而应更关注于普遍性的开掘与建构。因为，文学不是自树藩篱，文学是桥梁，文学是沟通，使我们与曾经疏离的世界紧密相关。

（作者系四川省作协主席，茅盾文学奖获得者，这是作者为“康巴作家群”书系所作的序言）

目录

第一辑　在康巴，片羽飞逝的瞬间

躬身谛听天语 / 003

嘉那玛尼石 / 006

俱喜 / 008

心的飞翅 / 010

在康巴，片羽飞逝的瞬间 / 011

若悟 / 014

梦魇：心生惊恐 / 016

龙达 / 018

雪莲 / 019

打捞自己 / 021

妙曲 / 023

最后一页的冬天 / 025

蛇月冰河 / 026

第二辑　一亩田地的忧患

写作速写 / 031

母亲 / 033

节日里的一双手 / 035

风的耳语 / 036
春天里…… / 038
诞生一首诗 / 039
地震 / 041
无音之色，半块人 / 044
冬天里的花开 / 046
鸟 / 048
裂口 / 049
雪在飘 / 051
无题 / 052
风的耳语（一） / 054
时间，声息全无 / 057
陌生的生命 / 058
绕五春色 / 060
生命的绿色 / 063
碗 / 064
我忧伤的歌谣 / 065
羊羔花季节 / 067
阳光九月 / 069
灰色之殇 / 070
睁着眼的夜 / 072
一瞥 / 074
一亩田地的忧患 / 075

第三辑　掀起帐角的春天

芬芳四季 / 079

声音 / 081
夜梦 / 083
环心锁 / 085
原上花 / 086
以歌示人 / 089
切割 / 091
冰上的一月 / 093
道棱龙玛 / 095
经过我，风声 / 097
亲爱的小子 / 098
最好 / 100
嘶哑半截的歌 / 101
行走的男人 / 104
不言 / 106
第六根指环的情意 / 110

第四辑　飞马系列
我的天空之马扬鬃飞蹄 / 115
风中的马儿 / 117
赛马称王 / 120
无鞍之马 / 122
一匹马的走向 / 123

第五辑　芒
江湖 / 127
草命 / 128

黑的兴奋剂 / 129

它的症状 / 130

虫命 / 132

另一个角度 / 133

斜视的优越 / 134

不说就不是么 / 135

两天 / 137

关系 / 139

绸缎嘴 / 140

第一辑

在康巴，片羽飞逝的瞬间

躬身谛听天语

一

秋水缩了手脚
在寸草不长的荒地，我们唱着古老歌谣
拍打袍子上的土尘，重新站起
出发和抵达的那个过程有种奖励叫：金鞍杯

清晨掀开白天的衣袍，我们行进在裸着的白天
一晃而过味觉里的霉味，不知源自何处
我看到隐在时间背后说谎的镜子
你是光芒，而我在旁侧——这是谎言，我却当真了

秋草隐没于土地，那些最后的花朵残肢断臂
用一块扁石卜一朵花的生死，是生生死死
为了独自享受更高的待遇，一些雌性让干枯的床上流淌
欲望的河流
美其名为：努力。我会沉没成她们的花色？

高处引吭高歌，低处浅吟低唱
如果注定望着北方说西方，你何以心甘
然而成全一个灵感，无论披挂什么衣装，我愿意
我们，一群三分之一靠想象活着的半兽人

该卑微时自会卑微，正如一尾艰难飞翔着折损的羽翅
我会俯身拾起，放在高处

二

吃铁，就具有铁的刚性
不能抵达的硬度。然后浅睡，睁左眼，闭右眼，循环往复
如果水滴的心披挂野的名誉
我让此游戏结束于荒诞，让它悲伤得没有眼泪
凭什么，总用长不大的爱来爱我？

可惜石头和花朵的遇见
站在我身边的人，不是他自己的面孔
总在别处的语言，未能并肩而行
他的聪明在于用藏羚羊的价值在奔跑
让人以为爱永远可以呵护在花朵之中

心生愉悦，你的气息环绕周边
我们在刷牙，而我的牙齿积满了油脂

坍塌的墙上泛着色泽鲜艳的

图腾突兀截断，未能衔接的言语
让你看我家户的结构，是一次地震过后的破碎
墙角处透明的经轮，一圈一圈经页，不转，却环绕轴心

三

我小，我是裸身于天眼之下的婴孩

嘉那玛尼石

一支神箭虹化的定身
第一缕颂唱绽在唇齿间，第二缕隐在念珠里
第三缕开在石上　莲花
万千恭供

石玛尼，开言的石头
万千汇聚的无声之音
众多聆听的耳朵

右，右，佛在心安的地方
入静，捆扎杂念琐碎纷乱，摒弃体外
余屑凌乱，不足以动摇心力

用脚步缩短
以额点地，用身丈量
仆倒的肉体和挺立的意念
共赴　向佛的心意

贪婪执念嗔恨的

身意语
纾解前世的不洁
囤积此生的善缘

手印足痕
故事正在进行时
一种颜色一个归位
一座石城善颜的开示
一圈一日月，一圈一轮回

俱 喜

一、断念

只一刀，剪断剪短
披在肩头的过往
时间的忙音凝结嘀嗒

悲喜交加　花盛开
像一种久远的熟悉重新和你
确认方向

端立
散乱和孅倦的自己
“生命之风，来自太阳的辉光”
缘起的中央白莲托漪

不聚众多口舌的聒噪
不仰众多眉眼的抑扬

呼一口浊音
深吸的光亮
自喉耀在腔壁，悬自心壁的金刚心杵
出入花瓣，珍宝，利众的颂词

在一叶今晨轮回的瓣开里
等待太阳的叫醒

二、端坐

端坐云端
云在云下
俱喜而泣

心的飞翅

我在太阳的光丝上晒衣物
我在月亮的清辉中珍藏那些秘语

这一次盛装
所有花的颜色都统一，它们炫的是款式
所有风展现姿态，穿行在万物间
此举笑开了一只局外的布谷

那个敲门的人
戴着曲折绕远的面具
言语里暗藏雪的虚假
被闪耀色泽的谣言带走的耳朵
不在原来的位置
隐心人飞渡
一支箭串烧多层空气里的话语

春雷轰隆打开
秘咒之门
天之外的另一域

在康巴，片羽飞逝的瞬间

一

将
空气的聒噪留在体外
那些肌体的皱褶随时间之音
逆流而上

观
一座佛像醒在内里的光
在静寂里觅一处光洁的自己
端坐莲心
我清享一段
哑默时光里的遇见

扬
身上的羽毛
一片一片
在风中。飞升

掉完了，就成光的影子

二

对
就是这些苦难中生长的棘刺
他们过早地披上暗夜的智慧
学会先声夺人里的没有忍让
学会溜滑中的游水
学会靠近不明光体的物质
甚至于一个雄体光照的雌体
他们也敏锐地捕捉到
带着暖体靠近
这些羽翼尚未丰满的小智

行进中的目光打着死结

三

把
耳朵用风鸟鸣和流水涤净
开始大声诵读上一世隐潜的光芒
及内里金属的骨骼

合
双手供一个即将盛开的清晨

第七层牛皮靴底的牛鼻靴
摒弃细碎的足音

久年里觅守的辛酸……
同一时刻抵达的
欣喜和悲恸

在
康地，在玉树
我坦然一场凋零的黄昏
在最后的经章里
出其不意

若 悟

一

莲花初绽
周身浸着芳香
一束光莅临额际
通体光亮

负在身上的浊声，开始生锈，发霉
开始软化成气液，自后脚跟泄离，邪祟俱逃
光晕渐收，盘踞右脚跟末

二

困兽躁动不安，自心的藩篱纵跃
敛聚内力，自在不散乱
开始
带着它穿越山川河谷

没有具象
我不是我，我是身外之物
是我不是我

三

宝伞自右而旋
一肘蓝莲的观想，花兀自开

第一道洁白的奶供
第二道圣洁的水供
第三道饱满的籽实供
第四道美丽的花供
第五道明途的灯供
左香供右曼札

水火土木金　你是
任何质料中的其一
安住旷达　只有时间起程

梦魇：心生惊恐

门窗紧扣，所有人脸布满惊恐
我的旧袄里怀揣着孩子，母亲的旧袄背上背着孩子
我知道这是母亲的孩子
很惊恐呵，寂静增加的惊恐，众多人的寂静
惊恐之余那人还未忘灶间的火，往土灶里添加牛粪
烟雾弥漫
席地而坐背靠积垢的木柱，让母亲的肩靠在我身上
母亲头戴很奇怪的蓝帽，绢丝做的
我从未见过，所以隐隐作痛的是心

小哥的游戏很奇怪，被一个会分身的小女人从高处往下赶追
后来的场景里：小哥和小女人玩头上打一嘣，弓着身的小哥
被小女人打两下（女人会分身），笑一下
我拼命追打
小哥脸上卑微的笑，我不想看到

那些没来得及关注门窗的人
被奇怪的生灵掠走，从此杳无音讯
一些人我从未见过，行走在我身边的人

眼睛，我看到空中的眼睛
那些只有头颅，没有身子和眼神的物种
闭一眼灭一个再闭一眼消一个

龙达

最好的状态
开在风里
扬在自由里的生命图腾
驾驭风翅

千万匹梦
就落地开花
就生根发芽

雪 莲

放归雪的自然
为一种情愫流浪至此
你牧雪而居
是禅雪的纯粹
是有冷质溶入你的血液？

划破阴冷的黑暗
自遥远的地底而来
多少的深海峰高
才能融合你的
梅韵，莲质？

隔雪下的喧嚣
用火热生命
高举火炬
可悟层雪下的
褶皱，断裂？

你是谁痛饮的流觞

又是为谁候光的洁樽
以怎样的秘方轻敷
疼痛，伤处？

冷凝大地时
静谧如星
风过处
隐约在雪原上的可是
雪中孕育的家园？

打捞自己

今夜里
无尽的风把我惊扰
我的手悬在半空
我的脚还未下地

恍惚是谁把我
从湿漉漉的冷风里
打捞

电视里一根火柴引爆而亡
众多火柴悼念森林的未来

外面的风
咆哮着扯破喉咙
犹如从黑夜中扯出一桩冤案的
屈辱

我在书挨着书的陋室

画一只鸟的叫声和两朵花的对话

说破一桩非他的暧昧

甩尽翅膀上沾满的水汽

妙 曲

打磨一段被琐碎掩住的锈铁之路
有这样的时光
我们有骨殖里的较量
其间穿梭乘隙而入的阴影
而这更咬紧牙关挺立你我
前行的双脚

我们并不是生下来就带着光环
重复的攀壁跌倒攀壁
我们的双掌已磨出苦难的茧
就在此时
我们的心中开始聚集光芒

补充能量
我们知道贫瘠的土地上长不出饱满的
籽实
我们开始像吐纳氧气的植物
吸收光亮
延展绿色的长度

我们各自出行
看谁的眼睛
雪一样明亮

最后一页的冬天

雪还在冬天的尾巴上述怀
冷峭的羞涩一会儿就化了
可春在水泥台阶的罅隙里舒展了
一个不知名的叶绿植物

避风的裂隙积纳着碎屑的垃圾
可叶绿植物的那抹绿
隐约了裂缝的小不端庄

春天还在囊谦的小河边披着
羊羔花的玫瑰粉
而玉树的最后一页冬天
藏在我的这首诗里

蛇月冰河

一

蛇月。你舞出冷寒的冰步
避闪不了时间的掌影，觅寻的真迹映射曾经的自像：
你的行走长比谁长，快比谁快
只一眼洁净的一瞥，你便成我净水碗中的供养
春在冰封的一棵草叶上渐醒

二

那个女人，身上戴着泽国的润玉，一个美人有着美人谷的传说，蛇的阴柔
一场雪淹没的虚萎，被另一个蜕皮的自己，老旧的自己，曝于露天
女人从高处滑梯样的山下坠，其间
她手捏断翅的蜜蜂，在蜜蜂爆裂的一刻，闭上了心
这个寓言，自她跌宕流转的目光泻溢

三

三江源万千河流，凝目天蓝
嘎玛仁增[①]千江万河鼓胀缘起的药河根
隐于大象
这个时间对应的时段
在古古高远的峰位，层云低沉
那只冻僵的黑颈鹤，被一个叫更庆的康巴男人贴肤的温热救活
生命在下一段舒展枝叶
犹如高地的风
托举出明天的太阳

四

苞蕾中的困步，等待一只叫醒的耳朵
暂且，把风触角封存在河床外的景致

凝滞喧嚣，静和入定
定必生慧

① 嘎玛仁增：藏语，白露，藏族人说白露时的头七天里河水都是药水，宜沐浴。

第二辑 一亩田地的忧患

写作速写

披上虚无金粉的仓促之举的
潦草人生
是一鞭挥就的草率
驯服

小古域不懂
量的金帖并不比质好

我牵着主角A的衣襟或者把
主角B置于盲区
这一壑简单素描
这一域浓墨重彩
此刻呼吸着雨水过后
多年前的黄昏
时间的容颜开始
倒置

我精心饲养慢慢调教
把梦做到绵延无尽

无绊前世的宿缘

人群中寂寥细节里精雕

日益丰盈的枝杈

撑立的骨骼

血肉丰满

母 亲

鸟鸣都是甜的，就在古古
我易得光亮的母亲
一条逆流的河都遮不住
内心鼓胀的风翅，涉河渡岸将我迎去

青稞地里茁长故事
阿妈侍弄的青稞长着童话
我的母亲
她心爱的龙碗里
有古古任何一条河流的潺潺

那时
风锉着石墙羞赧的颜面
母亲的衣衫里兜着
饥饿年代里
瘪着肚子的微笑

陡坡与卵石
从古古山到古古河

我不谙世事的阿妈
皱纹里的笑藏着孩童

从没学会伸腿使绊让别人在
脚下摔倒
所以有时自己会跌一跤

从飘散的风里走来，我那
失聪耳朵里的忙音
在雪山脚下的古古河里打开
我的母亲是一条河
快乐和忧伤汩汩流着
一览无余

节日里的一双手

对土地自言自语，指手画脚的男人
是坐在2006年零点下的我想起的
关于他的世界
我的局外人
我不敢伸出我右手的施舍

但是今夜他将如何行进在自己的世界里?
被漫天耍的鞭炮声惊吓
还是对着空中盛放的花大笑

雪还没下来
却下了一地的惊艳的破碎
红装的街口
我看到褴褛的目光
旁若无人地盯着
繁花似锦，一脸空洞

风的耳语

在日月之城
我打捞树之经脉的种子
沉溺在冷暖时空

荒草埋径，已不见其时的花红
我们握着彼此心门的钥匙
站起身，深重颜色的水从身上滴答而下
在风和日的岁月里日趋
晾干

悬浮一场雨的谎言
轰隆隆敲响如此老到的鼓
让冰雹在不远处
偏离方向
让耳朵信以为真
垂下眼睑就想到不朽

躲在门后已一段时间
从门轴窥视门外的人

是他乐此不疲的游戏
犹如蛙类伏止不动看最先黏上
自己的舌

一茎草在风的推波助澜下
标榜自己
在百态人世，你定会碰上
不懂脉络的把脉着病痛
不会做饭的掌控着灶台

春天里……

青稞酿成爱，叫：琼
……拉伊开出寓言的花朵
万千种颜色
牧白云，太阳做守护，牧星星，月亮做守护

没人的原野上　空气　膨胀
草香　弥漫
即使寒意还在门口徘徊，春天已然来临
贡却松！别让话语长草
别让眼睛和心长草

风，吹开花的心事
雨，浇醒草的梦境

诞生一首诗

光于脑际的爆燃
呈现各异的具形
自小小器官成形
五官，四肢，毛发
赋予它呼吸和姿态
它就舞袖　吟唱
诉情抒怀

一触即发的闪电
光耀内心
抓住，不让它了于无形
晨光熹微
自蒙昧中初现轮廓的
内核

隐形的刀
切割不平凸凹角
过去式的狼狗吞咽了它

不再咆哮或别扭生成

尾端入静，喜悦漫漶
犹如禅悟

地 震

一

不——　停在那一刻
不，不要再动一秒
我怕时间瞬间长出胡子
顷刻褶皱密布
刹那骨质疏松

经不住手掌中的山川河流
纷纷从手指间坠
陨落的还有众多生灵的呼吸

坍塌的春色
布满尘埃的心
那些人失去的季节，永不再回头

冰凉的呼吸
在夏末的走廊亦步亦趋

环顾左右举目无亲

活色生香
在大自然的手掌里
行如蝼蚁

不，停在那一刻
我要从时间的砺石中
捂热
众多游弋不定的呼吸
在散乱的目光里
植入
季节的草绿花红
在冰凉的肉体内
注入
生命的种子

不，停在那一刻
跃过那个崩塌错乱的瞬间

二

后怕
房子让人惊惧，虫子的壳是自己的窠臼？
惊惧蜗居在体内

多久后，我们还会从地的余音未了中

揣上自己的命

仓皇而逃

无音之色，半块人

只活了半个
另一半遗落在前世的梦魇里
惊惧中忘了来齐

那些声音是无解之谜
那些颜色是无岸之涯
倾尽一生也抵达不了，未能破译

用半块世界的残缺
应对风雨江湖
凉薄人世的目光

世人的理所应当
你需努力获取
一定有流不出的泪
哽咽心田

我不幸的亲人啊
“黄就是暖”“蓝就是冷”

定要活过那些日子和

屋檐下

光照不足的阴冷

冬天里的花开

必然
对冬天动了心的恻隐
与萧索的
酷
暗结胎珠

你说：
绿
便托举一盆的青袍
这场苦难叶落叶再落之殇
令你在那一刻的本色生命
质地坚硬

寒冬的盆花
犹如弃之冷域
回归到梦胎，原初的形状
带着冬日光照河卵石的体温
抑郁着一堆三石灶里的余烬

牙芽吮吸阳光的力量
冷寒舔舐坐在屋角的季节
用一抹光线反向思维……

盛夏之举
一些力量的解构图
以抽象的异质
咬紧牙关
挺进蛇月的
隘口

鸟

——那一年

我必须重新拭擦
调整聚焦
在你欲飞欲憩的翅影里
起伏心跳

如果扣动扳机
我会让一只眼长年冬眠
只用另一只善眼看现实的杯盘狼藉

悲哀像回形针
下一环环扣上一环
青稞绿野的夏
都唤醒不了藏匿的绝望

“怎样的活着不是活着?!”
惊醒
我的眼睛
再次打开

裂 口

那个镜子已有大小七八道
裂纹
依旧用透明胶或什么剂把它们
黏合
勉强组合一起场景的
粗疏
还原镜子的模样

呈，三角长方梯形半圆
各具其形的脸

有些疏离的时光
在你不能辨识的光线沉浮
一道闪电
隐入屋子的基底，又一道雷
时光并不会打开另一扇墙壁

河流冲刷，裂沿上有我们逃离的
足印，我们重新走进镜中

各呈面相

又，设置一面
具有修复功能的
镜子

雪在飘

云层中的分娩，阵痛聚积
隐忍掩声
静待那一刻的到来

静啊！
悄没声息地波澜壮阔

静啊！
踮着脚尖的猫步，舞着袖飘飞到窗台

坠入纷乱人世
不忍目睹才转瞬即逝吗？

而静啊！
生来就白的静啊
阳光和热量才能焐化你

静啊
静静地，从心尖漫下来
倾听白色的声音，直到双耳雪白

无 题

……第六根会说话的手指
第三只会透视的眼睛：有些现实是
一只蚂蚱拼着老命挣扎在一棵枯草上
而秋意正配合着它的温度

跨过河水的右靴掉入河中
新上脚的牛鼻靴左右脚不一样
阴阳的颜色
河岸边缩距，于人只有两个一步之遥

精致的开始，被现实洇渍开去
“有可细化的金银铜铁
鹅卵石就会超过自己的体重”
这不在原来的图景
在恶俗的剧情里
冬天轻易遮蔽，春天猝不及防

想救一只鸟的视线，可是
伤重的鸟举不起自己的呼吸

呼吸终将成为痛苦
这走不出来声音　这种等待
一滴水蒸腾般惊心动魄
……鸟的呼吸不知其踪
麻雀睁着晶莹的眼睛　飞离自己的身体

是否写生背光而行
静物不在原来的位置?

人说:
戴着酥油的琥珀，太阳一出
化了

风的耳语（一）

他们还在沉睡中
她已在路上
积雪覆盖庄子　也覆盖了声音

那些人已经长大
他们的体魄或者意念
那些斜视的悲苦媚笑可以仰视的人事
犬类　藏獒睡在正宗的藏毯上
埋怨老父喝了贵犬的肉汤
还有什么，人长大心智停滞在童稚里的

贡却松
当夜晚来临时
捂住自己的心合眼吧
免得飞了

唱着别人的歌
说着别人的话
我的诗歌圈在我的心里牧养

圈在我发黄的扉页里
我的眼里有冲动的泪水
却总也落不下来

在一次次的晨曦中
有那么一天
春天已然来临
你听到了吧
花的歌
还有醉在甘露里的草

那些人已然长大
他们谙熟人世的七情六欲
从冬春到秋夏他们的话已说尽
循环往复　他们的言语没有春夏秋冬之分
我的嘴角含满土尘
这是言语泛滥的时代
真的假的　繁华多姿
据说　海只给这里的山一个海的联想
爱情还未抵达
那些在爱里存活过的名字
和想象在午夜中飞逝
一瓶酒，一场爱情
或者一瓶酒，一场类似爱情的暧昧
草原的深处爱之花叶斑斑点点

贡却松，当我们的话语里长草时
我们的眼睛和心也就长草了

我起步
心跳挟裹着风雪
高远的土地里挺拔着
拔节的梦想
一次拔倒一次站起
那是不倒的微笑开在心里

时间，声息全无

——一轴画卷

晨。坐在一条狗皮凳上，一动不动，等：成了这段时间、空间和她的光亮。

刻在脸上的时间，她从不看。镜。飞鸟来，衔了籽，籽坐土观望。心中的歌汩汩而出。等成了一切，成了她自己。

山顶拂下来的阳光，笼罩了她，如沐佛光。左手的念珠一珠珠从食指和拇指间轻滑，光亮如此接近。

阳光出来，移到屋顶，她感觉到屋檐下的阴冷。金灿的太阳花虔诚地朝西仰过去。一条狗从外面踱了进来，悄没声息，她静静地轻合了双眼。

这时，白天的眼瞎了。

——是该轻合此画卷了。是时候了。

陌生的生命

你的声响让它　紧缩
光线未触碰到的心绪
……以后，一个想要爱的深水鱼
隐匿于水草的茎叶间
敏感、脆弱、一碰就碎的冰
……变成空气，触摸不到

如鱼
张着口喊：空气，水的空气
很早之前你吃尽干燥的岁月
就很敏锐地知道它在哪里
比如：撑开双手，吹气

想象自己也是一尾鱼，通道拥挤奇形怪异的面孔
鳞片里的呼吸……如此近距离，干呕
从一处水域到另一处水域
从临界点就开始的天壤之别
各种味道，各种味道应对的思绪
遥望、避闪、沉寂，再次沉寂，是不同阶梯下的蔫缩

珠光宝气的午后　打眼而来
把空气当水的人，不怯那场被旧衣裳闪耀的旧事
开始一段陌生颜色的披挂
展露色彩斑驳的毛须……

把水当空气的鱼
睁开睡眼惺忪的心，忽然幻视：
水的耳朵倾听水的呼吸或死亡
出生之时的水布满了耳朵，死亡之时的水耳朵凋谢

绕五春色

一

我出生的地方，村庄偏小得少有人知，也只剩老少
岁月定用了霜洗发，一排走失几颗的牙已咬不动
流年的筋骨
少儿手足无措，却把目光伸得很远
手把糖果就会颜开，山偏水远的绕五，它是稀缺的甜蜜

入巷，入院，入室，荒草蓬勃的凄凉
曾经的车马人声，消泯于皮绳固缠木门的另一侧
山洪泄掉的巷道，于手掌大的庄子
触目惊心，手术台上豁裂肚腹般隐忍
裸露土石的屋墙，成为朝霞晚晴的守望

我出生的开始
第一声啼哭响彻于某一个初冬的山头一抹金光
刚刚重彩时，雪一样笑着的母亲令
我已抵达彼岸，脐血浓重如夜

命名时已呈现给我的一切
在内心的部落
痛觉和阳光共同生长
我必学会含着眼泪和着微笑
痛饮缺失

闪念脐血，脐血！仿佛沉睡的剑光，破土穿刺
感念缄口，心意潮涌

梦回绕五，白海螺铺盖的石墙，预言里花开几时？
玫色花开，红色花开，白色花开
如歌花开

二

天色微亮，我就在晨曦的青稞田中
想起途中的海莲花——河水打漩的水涡
从劳作青稞的双掌里抖长出的浪漫，海莲花

感官触抵于针尖的敏锐
自岁月之都打捞我沉睡的耳朵
即使废庄，我也要饱览它的残垣断壁

我停留在一束光亮里
呼吸里出入斑斓蝶样花朵的芳香，开成一朵花
植根绕五土壤，从泉源开始觅踪

怕经年后来不及端正坐姿的绕五，纷纷从眼中从心中消失

尽管，我的出生不是时候
绕五如噎在喉

生命的绿色

再次仰望守护生命的圣者
我感觉到那股冷峭，曾劈开变腐的晴空的呼啸，扑面而来
而后是壮烈的碑石，敬仰
之前和之后的里程碑——用生命的华彩

当发绿的眼睛看到
“可从戒指穿行的庞大毛发”——昂贵的另一种估价
膏肓的双眼
对另一种生命的睥睨
枪声里驱走的生命，腥湿了草原

所有的生命都是嫩芽苗长的过程，有阳光空气的重量
我在想象——
酥油的枪，在阳光下，化在手掌里
绿色的旋律
照亮草原的眼睛

碗

一龙碗茶
跟木桌切合
与嘴唇相亲

自手指别离
空气握不住时
被地板伤害

我忧伤的歌谣

我必不会
给它安上五官

这断了手臂的雪人
我看到它雪白的心伤在流泪
这个残局里　它必不能碰触的
热源早已到达

不趔趄自己，稳住脚跟
很多味道掺杂其间
只能干了它

冷吗？和我一样
在冬天还未到来时的冷
在雪还没下来时的冷

光线到来时
我们共同的雪人

化了

泊成了一摊泪

那一刻心碎　血样疼痛

羊羔花季节

一

草儿顶着阳光
大片怦然心动的场景在此盛开

寐见你又来寻曾经的气息
这空气介质的残物里
周身喜悦丰盛，如是
阳光下的盛宴

你对旁人说着什么，却
拉我的袍领让我穿戴好
隔万年蒙尘星月
心，突长翅膀从万水千山，从身体发肤
飞渡

在冬眠的石心中
我是盘踞的那枚果实之意

你睁着泪眼
在我悲伤的曲调里
反噬一口

梦里，有我不会叫出的原形

二

初冬褐黄的薄衫即将从草原的肌肤
抽离
蜗牛及那些昆虫，触角上的毒液还未干透
雨后倏然枯萎的黄昏

被谁拉伊中盛开的花
迷惑心绪的
后遗症在高原的星辰中
风干

我在草原宽宥的伸展中
聆听风声从耳廓走过：
“给予，并被给予”

阳光九月

九月，种子生出更多的种子
毛绒打苞的事物开始孵化，风的耳朵灌满丰收的穗香
植物从植物破壳的疼痛，母性的英武之举

生活的醉刀，或许砍向衣衫褴褛的人而不是
心灵褴褛的人
一粒自镰下侥幸而脱的
籽种
温存着临冬嶙峋瘦骨的土壤
还有一些在土壤中失眠

花坛溢出的花怀着春夏的青春
最后有人从热浪里游走过来，安居清凉的九月
席地坐在九月的尾巴
沉静

阳光九月
命是金身
不出铜声

灰色之殇

它是有用的，比如盛放东西
“树脂高分子化合物成型”，如今胞弟妹的成分里尚有悬疑
用处后，少有人关注它的去处

行走在街角，必须谨慎昂头的尖锐物，弯腰的钩子，张牙的锋利
它居无定所飘飞的自由——舍弃的自由——不便抖展出来
如果存在是理由，它即不慎之果

有人在街角围圈吃包装可疑的油炸廉价食品
混搅得分不清肉质的火腿肠
据说有狐狸肉也有老鼠肉，记住，还有毒鼠强

和悦的建筑角被臊气冲天波及
边缘的街巷污水还在横流
不知要避开谁的耳目，垃圾点居于上游

电视里
水土流失，空气污染，温室效应，垃圾食品

惰于发觉的触目惊心

生存不仅是这个时代这代人
必要的是，颂唱之前清醒的目光
保蓄住根脉

睁着眼的夜

——致失眠者

大片大片
有人偷走了你的夜
你只剩白天影影绰绰的
身影

寂静的扇翅都是针尖刺芒的锋刃

大片大片的黑色之殇
奔波在整段整段黑夜
午夜，神志如精
上蹿下跳
试图融进它的缺口
却一脚掀翻在白天褴褛的
衣衫里

被黑色之旋拨亮的夜
是一枚苦难的果实
唯其黑暗的四壁
自不能攀立夜的肩头

到晨曦交接清亮的白昼
都觅寻不到你那个带着刺的黑
夜，睁着黑亮的眼和你
对峙

一瞥

谁在野羚的飞蹄中组一串惊喜的目光不使它在渐苒的迷离中泽洞于梦的雾海里康巴云路遇匹狼是祥兆是欲望的原始禅塑的神女？惊诧萧芜的原野竟有粲然的黄昏影射一次过程的永恒是这个季节的回光返照？风蚀雨侵里什么样的旧帧已不再复古的隐退？

一亩田地的忧患

把肥沃还给土壤
把深种还给种子

以石头保温的高原体质
雨水，霜冻，冰雹，洪水是猛兽
而一亩田地的真正忧患是
土地已不再种植庄稼

把饱实还给颗粒
把耕田还给土地

第三辑

掀起帐角的春天

芬芳四季

从春天开始迎娶你芬芳的四季
来临，如一缕幽香，情意来临

嘎依金秀浓淡的雪原
鹅黄的明媚
歌唱响，脚铃，踢踏，舞袖飘飘

给我一支曲的第一个音符，沿着鼓点
我开始哼唱
在一个音节里冥想下一秒音节的
顺序归位

整个季节我都在歌唱
花朵吐露的心事
一叶一瓣
云朵绽洒的雨雪
一滴一朵

我在太阳的光丝上晒衣物
我在月亮的清辉中珍藏那些秘语
迎娶你芬芳的四季

声 音

一

鸟声于一个落大雪的清晨都不会凋零
兀自开在檐下

盛放山的表情便可巍峨
松的便可伟岸花的便可妩媚风的表情便可自由

出自掌心的你，掌纹纠缠的路上磕碰跌撞
冰火相撞的轰然犹在耳畔

那一天
左手擎龙碗，右手无名指供弹奶茶
含着你的目光粉嫩出蕾

那一天，无视白天剪出身后的黑影
这是我颂唱的爱情之姿

经年后的你
从容里些许杂沓的步调——
隐着身形穿透心壁
试图靠近撞一脸土灰的真相

一些音色　打滑
湿漉漉的耳膜，未能攀爬而入

我必
决绝，裂帛般不能复制的经纬撕扯

结霜的草地隐约睁着泛绿的眼
这一刻恍惚的春秋

二

……还有花开，雪落，你在我心里走动

夜 梦

窗外，她满脸皱纹看着我，吓得玻璃碎裂
最烈的蛇追逐我
所经之处，尸骨无存

张扬的男人，拉着女人转圈，女人双脚离地
而男人的后腰也悬着女人，也跟着他转圈
奇怪的是他保持住了平衡
一个握着他的女人，一个他握着的女人

野玫瑰的声音，一滴接着一滴嘀嗒！从桶中渗入
喉间
中间省略杯子的容纳

野兽的气息，无处不在，我们
杯弓蛇影
一次事故，都伤了，虚幻的拥抱是伤重的
困兽
碰触怎能不痛？

这个奇怪的游戏是：
“拍一个不断上扬的纸
一下两下，三下四下，我拍我拍
我得确保它只在手臂的高度
我太累
而它以惊人的迅捷从低处翻飞，
随时飞离！”

环心锁

日子都旧了
我还不想打开见你的门
门缝里
眼睛、鼻子、胸襟
组合的你
重量级的感觉
还不想打开

生锈的锁
开出金色的故事
而情节的钥匙落在草丛里
再也找不见

一如出没不定的什么……

原上花

一

亮丽朵朵
自在随性

原野的风
历练根须紧咬土地不松口
阳光的舔舐泼辣劲道，令你在太阳舌下的
枝节蹿一蹿拔高
再拔高

你是芽的第一缕初绽绿
必不会以盆花的囿限
悠然驻守时光　于
一夜窗台的寒流蔫萎手脚

二

他爬上去的草
你爬上去的花
在顶上有着不一样的风景

很突兀地　趁一时之鲜
摘取　那朵花的　花期
比在他手中的要长

一谷之隔的风雨
花以花的姿态
盛放

三

你的目光雪刺，我失音的唇齿雪盲
漫过冰凌下算不出长度的水域

你触角的伸及处
冰河消融　夏来
从身后捂你的眼
猜一个冬天的花开

四

春天的窗子为你们而开

你被眼睛说服
呵护那个心上的霜冷　精心布置过去
你的
左手有风，右手有沙
在所有的不测里　就能应付转身的理由
给自己

太快了　这场移花接木
让你无法自圆其说
自生自灭的故事

任何的端倪　你都不曾防备
你赤脚踏点而过
对身后开满艳红的花
他已盲视

周围的鲜花
在他接纳和弃置里
冰冷
他醒在你深睡的那刻

以歌示人

一

怕
最后成为没有枝蔓的浮根
怕
春天在另一侧门后
窥视自己镜中的傲娇
蒙昧了双眼
怕
秋天迟迟不肯迈进
心的门　因为夏
烈焰的尾巴风火而
未能精粹

二

枯草大面积死亡
横尸遍野

刚吐绿的嫩芽
也如失血

有人说色盲时，他想到了心盲
但他轻轻放下

三

一转头，花便盛开
呈现给我命名时的一切　在
心部落
痛和阳光共同抽穗

草色枯荣
在烟雾里缥缈

那时的温暖没有参照物
定在某个不知名的季节里
有一爱情之樽
盛着荒凉繁盛的
一饮而醉

切 割

背影中沉睡了
我倾诉的欲望
一如不会说话的唐卡
般清洁

而苍蝇嗡嚷
而飞蛾投烛
而星斗坠落
而目光游离玻璃的空气……

蛛网的状态
偏离的轨道
脚步向上的跋涉

月光醒在被吞噬的
梦魇外

而未曾泯灭
化镰收获季节的憧憬

一次次割舍
又一次拨亮的半脸
如金的沉默
兀傲黑暗
你说
如果痛着还需要角度
请试着从
痛也无伤的
暖处　切割

冰上的一月

转春，雕在冰上的名字，没有字据，就成了无凭无据
一个人转身，另一个荒凉在他的背影里
一只手掌拍打的空气没有回声

……被铿锵的舞步闪了腰的女人
把说出的扔在土灶里，扔进烧开的水里
她用来取暖，他用来喝，这不对称的默契！

……被一株草毒迷醉的女人
身披黑衣突长翅膀
她的失忆和路上的一粒种子有关
谜语里的蝴蝶在打开眼的一瞬变成土石
豁开禁忌的衣袍，她在湖水的涟漪中迷人地笑
牙齿隐在还未出口的声音里

松垮的偎依披着彩色的外衣
那些行踪不定的草绿花红……

冰上嬉戏的一月有着花瓣的心意

后来牙齿变黑，继而是骨头
再后来长发变白

结局，在故事之外
在名字之外
在冰原没有展开的边角

道棱龙玛

瓣开如栖
瓣落如归
如果这是宿命
我就无法止住
这个季节不露声色的绝唱
都隐伏在枝间的蕾与芽上

春天的歌喉唱绿了原野
素雅的你被人摘走
从清晨到黄昏　我被
眼睛对眼睛的那段涟漪
划伤
当你久盛的歌漏底时
不言不语
是我保持的景致

这是雪堆砌的童话
两个人的世界里

开满了隐身的花朵

瓣开如栖

瓣落如归

经过我，风声

我在你的心中伤悲么
那不必为你的喜忧沉浮
关于这点
我让多少经幡扬在风中
让风读懂
风是读懂了的不能显现

我必是足踏山水一棵树
经过我，你的铃声彻响，还是静谧避闪
你我谁是前世念珠间遗落的
那颗檀珠
下一世砾石间蒙尘静候
只一眼，便认出彼此

奈何早一人，就早一世
某一刻醒着的辉光
在枝叶间簌簌作响
除此，山水之外

亲爱的小子

亲爱的小子
我会记住你，但不会与你相见
我要更换我的羽翼，再下一个秋末，我将隐身
从此不在你的雪峰
即使有，我将披上雪的羽翼，不再见你

过往晶莹闪烁，心仪的那一刻，如此华美

我们的歌
是天的眼睛打开下的我们

亲爱的小子
拔下脚上镣齿的困兽
你的狡黠，我受困的暗语……
过往蒙上尘埃
如放生四蹄上的红绸，醒目却不具气息

亲爱的小子
当善突围不了无知

帐中摇曳的烛光，也不是你最初的心绪
在肌肤未现第一丝褶皱时
亲爱的小子
我会记住你，但不会与你相见

从此各样的花朵缀点你的草原
有香的，无香的，红色的，粉色的
枝头上的，浅滩处的，近在咫尺的，遥遥远远的
拦着挡着如羊儿归圈，已不再是我的招数

亲爱的小子
天边远吗，山外远吗，我就在那里唱着我们的歌
那首像唱给我们的歌

亲爱的小子
你青春照耀，恍若隔世

最 好

最好行囊里没有挂扯，目光清明
把跛足的马放生
一条路隐，一条路开
一样不朽的还有大地

最好，一路前行别回头，灭了肩上的灯
尖刀和石子从心指间呼啸而过
最后一支鼓点的终结
停止踢踏，舞袖静
像一株香隐根底的植物

最好，过去的冬天迎回来的春
花开一路，一路花开，最好

嘶哑半截的歌

一

酒开始泛酸
那些旧年里枯死的枝杈
在身体的某个部位隐隐发作

它在流浪
在荒诞的时间里
遇见真理的人

“下雨了”“是的，雨”
于是雨从心头流过
开始像某种身外之物

那一截青春，正适合你
只是在行进时
忽然顿住
出其不意的颓然

高原啊高原，匆忙
来不及回味里的咀嚼

过一个温暖的冬天
只是牵着手
只是笑着
不需沉底

还有什么
醒不过来的万千

二

在时间冗长的肠子里被消化
让消失的河水活过来
蒂结出其不意
这需要某种契合

碗里的糌粑
在没在形成茶、酥油、曲拉的和团
向它吹气
就会溅一脸的粉尘

远比语言凛冽的生活
凝神静气
纷扬的零碎

才不至于张牙舞爪

三

那些离枝的瓣儿还在消亡、遗忘
像流星一样稍纵即逝

他将永远记得
那支嘶哑半截的歌
在说
三月里，足够
一场生离死别

行走的男人

我的行囊里有盐的钥匙、碱的钥匙、茶的钥匙
我腰间的刀已锈蚀多年
你，我的情人
在各拉丹冬的牦牛头骨最初的源头瞭望
你的目光业已发枯
鸟的翅膀和草叶被风带走
还有什么话没说
你忘记了语言里暗藏的玄机　似是而非
钳在骨子里意味　你从不说爱

你制服不了的外界让你纯真得像一朵花

带风的长矛　带雹的刀　带雪的抛石
终有一支躲不过的声音
穿过体内觉醒心智
那些山　那些川
那些一弯一顺的河
在高原的传说里走走停停

听说狐狸在帐中轻歌曼舞　媚眼四射
行走的眼睛却看到它只在草原上火一样闪过
它有没有被浸染过的狠毒与野心
在它的穴洞里吃自己的食物　是荤也有素

你，我的情人
你披挂着青春铃铃的笑声
在我的心智还不知为你健全时
你的目光抛向我五彩虹
你的虹在我蒙昧的双眼里又像虹般消失
谁像千年岩石一样等待一场爱情
摔在河中央过多的我不信

你终于熄灭
像一盏酥油灯身献所有的佛光
在我以为你的虹还在你的笑声还在时

忠于高原的青稞
在风中走出海的姿态　一波又一波成熟的香甜　四溢
你的脚步不会被束缚
就像你的心长着翅膀

不 言

一

1

自龟裂的时间之晨遗落
我并不知晓成为谁的甜蜜之乡
从未顾盼此类声色

噤声，且不能有声响地收囊
像拙于融合的色泽
遗失一部分欲跃之心

不懂更多地舞袖　才不致
更多的
心澜

我不暗含情愫，制造迷离

2

讶异，忽然亮眼多年尘灰之下
类似芽的迹象，是真的

于我是唐突之行
我已然怀着初荷之心
如果，回眸

3

不能灭迹吗？或者某种复燃
画中之花的芬芳，鼻子骗了你？

由不得谁，说来就来
这个行踪不定的家伙
你误入她的歌，美好地疼痛
而缺一医者，从来
你我都一样

少点钝刀之痛
因为依旧，你是彼岸之伤
或许从未渡河而来
对不起，或许只是隔空唱腔

4

在勇武之乡，错穿衣装

就此不应指认成面目全非

我将安于
内心的祥和

不久
在日月之都，它白发苍苍
归静，归无，归不可言说

明亮之人竖起的拇指

二

1

恍若光线，不经意间
映入眼中的一抹绿！

未来得及枝杈分明，却已拟定成闪烁的言辞
似乎那是真的，眉目传情顾盼生辉
让另一株凌乱，心生寒意

2

就今夜，思绪纷乱如雪
裸露的边角试图展示满溢的心思

黑的黑夜里，看不见黑的伤，所以我走进自己的心里

如果深埋过一些情怀，就请种子变成土壤
花朵变成笑脸
寄望，就像没看见的忽略

我们，停在原处
看草长，雀啼

看青春频频回头，却越走越远

3

口腔中的糖果蠢蠢欲动，我知道它将变成另一个
物种，比如蜘蛛
用自己扯出的丝控制距离

点到为止

4

一匹马死了，另一匹和被而卧
即使它没站起，我还是能感知
它的健硕

第六根指环的情意

——致友情

一

站在那簇花前
和某种颜色，惜惜相望
又同料子的颜色异类，我们相望的是质地

和别的迥异，有时只隔淡淡的雾
浓的茶稀的水都可以喝

滴水穿石
有些情意
有生之年
唯一的仅有

二

时间的缺口，呈最大角时
弄丢彼此，如同舍弃

多么遗憾，你所呈现出的外衣
我已一目了然

发现没，有时
弄丢了
再费周章
也拾捡不回来

第四辑

飞马系列

我的天空之马扬鬃飞蹄

我的天空之马扬鬃飞蹄
一路走，路上定然会碰到一个我不想靠近的人
我不非黑非白地笑
一个女人穿着花朵的香艳，一个女人穿着河水的洁净
女人都有各自的衣服
一个男人骑着虎，一个男人牵着狗
一只鸟雀在寻找风的翅膀，想飞到比风更高的高处

路遇金刚趺跏的卜筮者，在蓍草里寻觅光的方向或脉络
……险象环生，风生水起或许能够柳暗花明
三石灶上的铜壶里煮着河水的魂魄
羊皮风囊吞吐着对火的私语：着吧，燃吧，着吧，燃吧
感恩食物打动胃与舌的心
卜筮者的黑颈鹤旋舞着出其不意的远方，夏雨终将而至……

路遇披挂青春银铃的笑声
骑着杜鹃鸟的第九个女儿，这夺目之光！回望旋舞之乡
近了！就在风第一声诵读经幡的音律
煨桑煨祀的烟气牢牢贴实着的土地

近了，更近了！

日子隐着身形，但总有一次会遇见倒流的河水
比如看到：影子被另一只影子踩死或淹没
比如梦到：怀中油菜花样出土的小婴，小得将要隐形小人儿让我放声痛哭
逆流之河如是说：困苦是有的，即使梦里也没有常开不败的花

路上还有：
总有些人想靠近来源不明的光源
一些人，熟悉此地胜过此地的人
一些人，熟悉此种生活优于生活本身

风中的马儿

风吹草茎，折断
如此秋末的天空里站在
狂风里，用意念打动，这是风中的妄想
我的马儿跑了，它脖下的铃铛
在耳旁丁当犹新
山山水水地绕着
我的悲情一饮即醉

在冰火的岸崖，我的盾招架
不住你几十几变幻身

此后你的国度里开着一株花
闪着此心可鉴的慧香
但你不知供奉何处
能做的只是让呼吸沉默在你的
目光里，美丽无助

你的天空里布满了风吹草动的
故事

勇敢的心捧着多情的花朵
你蹄下的芳香，四溢，火一样
架风一路驰飞

这儿那儿都是，抓住，伤手，
抓不住，伤心

谁在青春里傲视，在夏末里
目空一切
康巴的女人康巴的水
我周围众多花开只为演示给那个人
爱于我，像没了山林的獐子
没了河水的鱼
无须知你的念想像帐前的
七彩虹，依稀可辨却短暂如霜

很多河水你记得它们的名字
即使你未曾饮取
你披绿是绿，披红是红，
披黑是黑
不做注解，只眺望远方
未忘飞翔

我知道晴空里的一滴水不意味着
雨水的到来

湖水涸了又溢，溢了又涸
等你回来，我就在山和水之间
容颜尽失，心意挺立

还有另一种传言
伤是一处旧老的墟
烛光在远处变矮，解救周遭的
黑暗
在尘土的谷底，血液在呼号
枝间的蝶如燃烧般起飞
那时我已点亮，如一盏酥油灯的
眼睛
无须知你的蹄声　山高水远

赛马称王

一

你的胸怀，拥抱所有的蹄声
王啊，一定要有祝福的前奏，草原的
第一声祝颂燃起桑烟：
“最浓醇的奶，最纯净的水，最饱满的籽实，最芬芳馥郁的花朵哦——”
筑起十三个煨桑台，有十三个结子的卦绳，众多的传唱里
最初的英雄横空出世，大智若愚

神马灵格喷着响鼻，早已闻知前方的山雨
众多的人心生出欲望之手
还有阴暗演绎的腔调

“鲁阿拉塔拉热，塔拉拉姆塔拉喃，请用手的眼佑我，请用心的铃引我，请用火的剑赐我……”
如果能在一只牛角上赛马
那么马蹄也可以开在一只手掌撑开的光亮里
一出出其不意的桂冠
你赢取的江山美女

不会凝固在镜头里

从安多的马尾阿以第到康巴马头的格冉匝
以距离和速度取胜的文明
如果世间以此夺冠，“生活成诗”

作为你人生轨迹的沉思……
你的歌是一首高歌
你是你自己的王

二

坐在七月光的帐篷里，谛听马铃蹄声，开出错落有致的花朵。

无鞍之马

羁绊是一个绳索或马鞍的形状
一匹马展开的草原
没有岸畔

一首拉伊晴空里的
仪态万千
一声訇响，席地就着
在草原深处，燎原

唱，火焰的鐅头
闪电的马鞭
古老的半黑马
另一半马尾是白色

高原撤走了雪的披衣
交替季节的运命
垂暮悲哀
左右在水泥地的
蹄声

一匹马的走向

行走在纸上的一匹马。

浮的感觉，自身没有重量，空气之轻，水之轻。一匹马的局限在于没有辽远的背景。当然局限也有精细的美妙，很多事我们不能贴近，很多重要的事物。看一座山我们看不到山背后的那股清泉和那朵秀智花的仪态。

沉浸于一种思考，空间无边，驰马之速，断崖呈光影延伸，躯壳如雕枯坐原地，飞离者，马?

第五辑

芒

江 湖

你曾是风云，在声色此地
一举一动成为古古的谈资

你曾是力量，在古古
惧怕中暗隐的不屑，声色俱无

你没有定性
曾如流质的古古

你曾心暖粗粝
曾如古古的面孔

你是自己解不开的谜
在曾是谜的古古
有你出走的江湖

草 命

盆中一棵不知其名的草
混迹于
精心饲养的榕树旁
抑或哪天浇水时
原本浅根的草又被滋喷的强压水
冲击

泛白的根扎得更浅飘摇恍惚
却夺命吸附在浅表的土壤里
舒展了有着绒毛瓣的叶

浮根的身子举不起拙重的
叶瓣
重重地倾向左侧
生命在歪斜中
蜿蜒前行

黑的兴奋剂

天的黑给他塞了一把兴奋

顶楼那个精力旺盛的孩子?
凌晨两点的上蹿下跳，或者把木凳当马骑
把我从梦中赶出来
(达到他的目的般?)
而后他走进梦中

静寂漫漶的屋子里我从窗的罅隙
看到群星联欢
醒在黑中

它的症状

没有比它更浓艳的绸带了
如是为界——
上半身和下半身
前者更近形而上，后者则下接地气
朋友还如此隐喻：
流涕，头痛，咳嗽，咽喉肿痛，食之无味
什么症状都有
那么一定会有肥胖和瘫痪
此信息还透出一股味：
普遍，无常

我们共同制定的规律秩序共同遵守
交通要看红绿灯
不能超速更不能酒驾
头盔即安全套

辖区要防盗和陷阱
如果被捅被摔

它会元气大伤

趔趄着半天爬不起来

或者干脆爬不起来

虫 命

嗡嘤，聒噪
那只苍蝇
在头顶叫嚣，欲落头发之势
我顺手一撸
手掌隐约触到硬物

它没动静好一会儿
我开始不安，寻觅它的尸首
无踪，心中宽慰
又不久，它开始启动羽翼起伏在我左右
松一口气
安心于它的呱喧中
感谢它还在
活着！

另一个角度

生活在群里
和美感背道而驰观象的碎屑
头皮屑一样落在群圈里
一些内心没有光亮的
靠簇拥的盛宴
虚拟取暖

斜视的优越

他说你在宁城里还没有房子吗
好像他的房子不是用钱买的
而是用唾沫

不说就不是么

一

不说黄色花就不是那个颜色吗
血骨里的季节风
鼓胀心性

在一个奇怪的清点里
清除于了无，重新刷洗牌局

二

不是什么都走在
脸上
而与不能并行时
我让另一个自己与你相处
让一个读不懂的
生命体

你酝酿一击即中的妙招
此招从发酵到临界点
精心补缀费尽心力
不能找到它会泄流的出口
你暗喜眉梢

我有足够的耐心与慈悲
让你添补序曲

三

完成
那是我的时间
不必刻意，我就会从水花
融汇成河流，到江湖，到大海
不需要唾沫
伪饰的深重斑斓

即使在号叫的风口
这个无二从容
其貌不扬
赶超生命的质地

妙言
井喷

两 天

凌晨，那辆出租车找不开钱
让我换来换去，深夜中的路人如那根
与命攸关的草
匆忙中我以为钱包放在了大包中
回家一看，钱包不见踪影

我的生活暗礁处处——
比如今天我摔破心爱的杯子
还丢了钱和包

桶里接水，忙事
接多，溢汪出一大片

从昨天开始
我的运势呈下坡之姿
上网查东西，没电
一个已成定局的表格得重新填写

我在想

还有什么，不曾到来的未来

来！

关 系

你想把他置于死地
它是一部恐怖片
但它是一个喜剧恐怖片——
你试图用语言把他破碎

这不是没有可能
比如他是陶罐或瓷器
再比如你的语言是手或射击器

这样看来，你是钩子他是鱼
你是光线他是雪
你是镰刀他是青稞

你们有联系的契点
可是他左右看看
找不到此种联结的
蛛丝马迹

绸缎嘴

什么甜得都能滋出来
她的嘴中含满糖分　腻稠
苹果梨桃子
可是她的行动却在枝头高高挂起
并未熟过
藏语里的甜嘴也叫
绸缎嘴